KB248477

성자^{聖者} 멸치

성자聖者 멸치

김윤희 시집

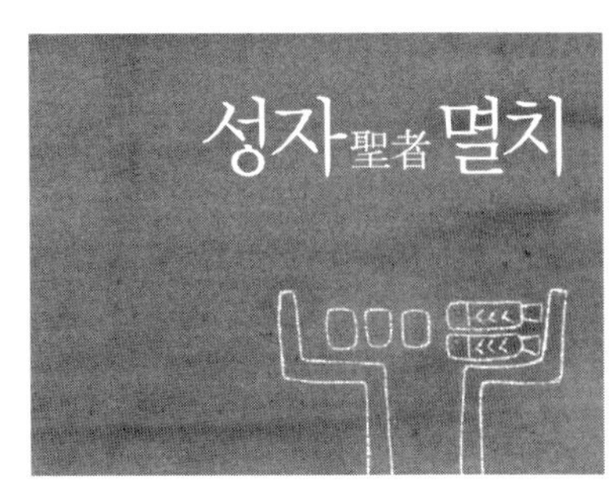

책만드는집

| 시인의 말 |

일종의 신神

한 사내가 내가 산책(나의 치료 행위)하는 운동장 가장자리에 서 있는 큰 나무둥치에 제 등짝을 쾅쾅 박으며 운동이랍시고 하는 양을 째려보기만 하다가 돌아왔다.

생각하면 그 사내에게 그 나무둥치는 하나의 세력으로 보였음이 분명하고, 오늘 저녁 그의 행위는 온몸으로 그것에 빌붙는 모양이 아니었던가. 그의 등짝 속 살갗엔 아마 굳은 딱지가 앉았을 것이다.

시가 그렇게 여겨주지 않은 것 같은 때에도 시, 그의 측근이 되려고 애쓴 지난 세월 시는 나의 큰 세력이었다. 북한산 수유리 화계사 아랫동네에 천금千金의 청춘을 부리고 오늘까지 그의 세력을 믿고 그의 가랑이 하나를 붙들고 기상하던 캄캄한 여러 아침도 있었다. 어떤 한 총화總和였던 시는 일종의 신이었던 것이다. 나의 편이라 믿었던.

　　시는 유능한 존재였다. 잘 이용하면 저 절망적 희망도 보였으니까. 시에게 빌붙어 일가를 이루어보려고 하였다. 이 한 몸 시 그 자체 되려고 노력했다.

　　만사를 내가 장악한 시의 세력으로 해결하려는 시와 비시 그 이분二分으로 진단하고 설說하던 습관이 결코 삶의 폐해로 이어지지 않았는지 그건 두고 볼 일이다.

　　나는 시를 과신하였으므로 오늘까지 살아 있다고 생각한다. 시가 내게 허약하고 가난한 존재였으면 나는 그의 유혹을 뿌리쳤을 것이다. 시를 나의 법으로 삼아 몸부림친 세월은 굳세었다.

2009년 3월
북한산 화계사 아래에서
김윤희

2부

4부

1부

사랑을 염두에 두지 않고

지하철 선로 위로 떨어지는
한 사람을
지척에서 두 눈 부릅뜨고 달려드는
죽음의 철괴鐵塊 번히 보면서
다투어 뛰어내려 끌어 올리는
사람들

사랑을 전혀 염두에 두지 않고
사랑하는 사람들
얼굴도 모르고 사랑하는
사람들
아무나
누구든지
닥치는 대로 사랑하는
사람들
어떻게 그럴 수가.

성자^{聖者} 멸치

어찌 녹슨 두 쪽 젓가락으로
식탁 위 멸치들을 하대하리
저 군산 대야도 앞바다에서
뱃전으로 올라오자마자 바로 끓는
무쇠 가마 속으로 던져져
열반한 세멸 동자들

투명한 몸속 화석 된 흑점 하나씩
부적처럼 그러안고 그까짓 마지막 관문 통과쯤은
자신만만하다
대체로 오므리고 죽어 누워
나의 미천한 집행 기다리고 있다

아무것도 모르고 처음 출가하던 저 바닷속
암자 용궁 그리 돌려보내 줄 유일한
길은 나의 속 등불 없는 깊은 터널 그 속으로
다시 한 번 밀어 넣어 잘근잘근 꼭꼭

짚어가며 모욕하는 일

다만 나로선 꼭 성불하라 빌어주는 그것만이
그중 축복이라 우기는 비겁, 그밖에 아무것도
할 수 있는 일 없다는 사실
나는 성자 멸치 우대하는 다만 한 가지
방법밖에 아는 게 없다.

극비 친전

엄동설한 한 사흘 그 집 주인 열쇠 꾸러미
챙겨 집 비운 사이 그 집 철 대문에 달린 편지함
그 속에 극비 친전 도착했다

때마침 내린 눈들 이불 되어주어 한 이틀
노숙은 견딜 만했지만
사흘째 되는 날 그해의 마지막 한파가
온 것은 청천벽력이었다

극비 기별 서로들 새어 나가지 않게 깍지 낀
체온 스르르 내려놓고 한밤엔 졸음까지
오고 무엇보다도 살 밑엔 얼음이 돌같이 박히기 시작했다
이미 상한 몸 돌아갈 수도 없었다

아무것도 모르고 돌아온 그 집 주인 다 헤진
파발 건져 실내로 들어와 해동시켜보려
애썼으나 그것들은 불귀

그 집 주인 축 처진 친전 안고 통곡하지
않을 수 없었다.

혀 1

나 요즘 혀에게 휘둘리고 있다
사실 혀는 가장 얇은 귀다
저에게 들려오는 가장 몹쓸 맛을
혀가 듣고
저 자신도 지니고 있기 무거워 끙끙
앓는 양을 내가 느낀다
따끔따끔하다 얼얼하다
최근 혀가 무슨 소문을 들었는지
한 사흘 몸져누워 있다.

혀 2

혀에게 모든 것을 일임하고부터
혀는 오만 방자해졌다
쌀 한 가마니 정도
제 배 위에 올려놓아 보라고
말한다

혀는 저 새내기 무당이
눈물 밟고 올라선
작두날
혀의 날 위를 일단 밟고
지나가 보라고 말한다
혀는 제가 저울의 추라도 되는 것처럼
모든 근심을 제게 맡기라
한다
하늘이 내려준
음부인 것을 잘 알고 있다.

비의 포식飽食

수유리에서 성산동까지 가려는데
탈것이 오지 않는다
수유리가 물에 빠져 움직일 수가 없다
손에 든 우산 가지고는 내해內海의
범람 이길 수 없어
어찌할 수 없이
고무 대야라도 띄워야 하나

수유리 삼십 년 비에 휘둘리지 않은
적 없다
탈것을 버리고 비를 열고 올라탔다
비가 나를 태워 성산동에 내려놨다
소금처럼 나는 물을 먹어
맘에도 없는 만삭으로 뒤뚱거리며
건물 속으로 들어갔다

비가 볼일을 시작한다

비가 교정校正에 임하면 일이 제대로
되겠는가
세계는 뭉개지고 찢어지고 말씀들은
좌충우돌 행렬들은 산만하고
거짓말만 할 것이고
엉터리가 될 것이다
참 엉망일 것이다
그건 멸망일 것이다.

초록이 돌인 체

내가 아침마다 슬리퍼 끌고
물 주러 내려가면
나는 돌이다 그저 돌이다 몸 숨는 내 집
화분의 초록 벌레 그중 몇
나의 소리에 놀라 더러는 천길 땅으로
떨어지며 내 슬리퍼 바닥을
째려보고 있다

초록 잎사귀에 제 몸 일자一字로
펴 없는 듯 깔고
내부에서 초록 펌프질하느라 진이 다
빠진
이미 이름 같은 거 놓아버린
저 쭈글쭈글한 목숨의 탈색
죽은 듯 드러누운 초록의
껍질들

돌이 되려고 발버둥 치는
미리 죽은 초록 그것을
내 슬리퍼 바닥은 확실히
보고도 못 보았다.

식당 달개비

식당 달개비 아침이면 보랏빛 대문
두 쪽 조금 열어두고 골목길 청소하고
손님 기다리고 있다
내가 더러 가는 그 식당에 들어가기
위하여는 먼저
노란 색실 주렴 몇 가닥 눈썹 스치는
모욕쯤은 참아내야 하지만 조금 더
들어가면 또 다시 나타나는
아무나 볼 수 없는 하얀 입 다문, 숨은
쪽문도 열 수 있어야 한다
그리고 무엇보다 눈 밝은 단골에게만
들이는 그 집 뒷방 문갑 위에 놓인
작은 목인木人 누가 그려 넣었는지
안 가르쳐주는 그 가슴의
닳고 닳은 달개비 문양을
알아보아야 한다.

구설

사실 누군들 목숨이 하마
시험 들어보지 않은 때
있었으리

꽃과 별 해와 바람들이 가만두지
않고 한 번씩 툭 집적거리고
지나가는
아름다운 척 존경과
굴신屈身 요구하는

그즈음 누군가가
그만 옷을 벗었다는
골절했다는
쓰러져 버렸다는
소문이 파다했다.

화재

반백 이상이 몇 모여 각자 제가 가담한
옛 화재에 대해 고백했지
처음 따끔하던 손톱 밑 정도 화상 입는
소꿉놀이였으나
종당엔 몸통 전체 태울 뻔했다는
한 채 주택 골조마저 날릴 뻔한
그 시절이 두고 간 푸른 반점
테이블 위에 내어놓고 반백 이상들
키 재고 있었다
무게 달고 있었다.

2부

주교관 가는 길

처음 겨울 안개가 길을 이끌더니
조금 있다 나타난 키 큰 메타세쿼이아에게
인계하고 메타세쿼이아가 바통 받아
가다가 마음먹고 제 몸의 비늘 한 줌씩
국도 변에 떨구어 내비게이션 되어주는
저 남도 오래된 성채 주교관 그 뜰에
마침내 마중 나온 빨간 모자가 수단* 긴 자락
잔디 밟지 않도록 몰래 끌어 올려 주는
주교님 파인 미소 앞에 하차해야
참으로 종착역인 것이다.

* Soutane. 성직자가 제의 밑에 받쳐 입거나 평상복으로 입는, 발목까지
  오는 긴 옷.

모의 환자

자주 다니는 병원 입구에 써 붙여진
모의 환자 모집 광고
그날부터 나, 모의 환자 되고 싶었다

나에게서 묵은 진실한 환자 하나
쏙 빼내어 저기 복도 끝 비상구 앞에
세워두고
아직 쓸 만한 다른 하나 파견하여
철제 침상 위에 뉘어놓으면
흰 가운들 다가와 귓속말로 암호
주고받으며
나의 무염無染 생짜 앞뒤로 뒤적이며
찌르고 뽑고 재어보고 하는 동안
저 복도 끝 구석에서 창밖 내다보며
비켜서 있던 다른 하나
궁금하여 다가가 문틈으로 훔쳐보는
손님처럼

보호자처럼 있고 싶다.

몽키

동네 아저씨 내 긴급 전화 받고 와
몽키부터 찾는다
굳었던 물 다시 풀고
내 집 대문 앞까지 왔다가
돌아가는 물 멱살 잡아끌고
들어와 대야마다 꽉꽉
채워놓고
몽키 잘 간수하라
일러주고 간다

내 집 연장 통 속에 없는 듯 누워
오랫동안 세월 바라 낮잠 자더니
오늘 파트너 제대로 만나
이빨 세워 앙다물고
작업에 들어가는 못난이 쇠붙이
바보 몽키

그날부터 나의 제1번 구급약이
되었다 특히 여름과 겨울 주로
내 집 물이 독감을 앓을 때
꺼내어 먹이는.

죽粥의 노래 2

다만 죽 한 그릇이 목표일 줄 누가
알았으리
가다가 도중에 내려 죽 집을 찾았다
죽 간판 보이지 않아
비빔밥 집에 들어갔다
비빔밥 가지고 죽 만들려고
이리 난도질하고 저리 살육하여도
원하는 죽과는 거리가 멀다
죽은 더욱 잰걸음으로 달아난다
참으로 죽도 밥도 아닌 것이다.

죽粥의 노래 3

죽만 잘 쑤어도
그 인생 뭉근할 터인데

잘 쑤어진 죽 한 사발에
목숨 거는 아침도 있다

죽만 계속 삼키다 보면
죽은 그의 필생의 밥이 된다

밥 구할 필요 생기지 않는다.

반지하 1

아무 생각 없이
별채로 쓰려고
집 한구석에 암흑 들여놓았더니
그 암흑 익을 대로 익어
비대해져 종내는
터져 스멀스멀 뒤뚱뒤뚱
위층으로 올라와
온 집안 암흑으로 채색하는
그리 흔치 않은
정전의 한때.

반지하 2

반인 반수 반지하가 대낮에
날 끌어들여 놓아주지
않는다
들고 들어간 손전등
압수하고서 혼연일체 한번
돼보자고 한다.

바다의 주택

검은 옷 입은 몇 사람
한 척 목선 빌려 타고
그중 한 사람 가슴에 흰 가루
그러안고 먼바다 가운데
한 주택 올려주러 가만가만 나아간다

흰 가루 물과 섞여 볼 수 없게 되고
보이지 않는 그것 한 번 더 죽고
뒤채고 몸서리치다 끝까지 죽은
그 죽음 살아갈 위험한 바다의 주택
물 위에 앉히려고 가물가물
눈앞에서 멀어져 간다.

담쟁이

우리 집 담쟁이 뒷집으로
건너간 그만큼 참수당했다
그 집 주인 얼굴 보여주지 않고
물론 손목도 보지 못했다
그날 서늘한 일방적 칼 맛을
담쟁이들은 겪었을 것이다
녹즙 피 뚝뚝 떨구었을 것이다

사실 담쟁이들이 무얼 알겠는가
다만 좀 넓다 할 오지랖이 저도
모르게 조금씩 앞으로 걸어나갔을 뿐
추호도 영토를 넓힐 염의念意는 없었는데
대낮의 도둑으로 몰려버렸다
눈도 귀도 없는 멍청이 내 집 담쟁이
저네 안방 관음觀淫하는 줄 아나 봐.

3부

젖

이십구 세 중국 여자 경찰 장샤오쥐안蔣曉娟

지난 쓰촨四川 지진 때

아홉 아기에게 자신의 젖

찢어 먹였다 수제비 빚듯 뜯어

넣었다 구분의 일로 저를

쪼개었다

그 육즙의 균등 분배

그녀는 아홉 생명의 원료가 되었다

아홉 강아지 세상을 보았다.

기름에 대하여

한 기름이 바다 너머가
그리웠네
바다 너머 흐린 땅 깊이
숨은 오두막 있음을 알리는
호롱불 심지에 박혀
그의 질긴 힘 되려고
배 놓아 물 위에 올랐으나
기름은 제 뜻과 달리 엎질러져

산산조각 손에 쥔 지도조차
놓치고
드디어 오일펜스에 갇혀
사지가 붙들려
널어 말릴 수도 없게 짙게
젖어 침몰하고 말았네

물이 기름을 교살하는 것

처음 보았네.

변 여사 이사 가네

한때 내게 참보살이던
변 여사 날 두고 멀리
이사 가네
내 특히 조울이 심한 속병의
주기 용케 알고
그가 전화하는 날 때맞춰
내 위장 맞춤하니
크게 탈 나서
끌어안고 달려가 다소곳
죽粥 치료받았는데
죽 솥이 떠나가네
죽 솥 밑 오래된 그을음도 함께

턱 받치고 기다리는 내 입과 늙고 늙은
속병 어찌하라고
서서 젓던 닳고 닳은 주걱도
함께 이삿짐 차에 태우고

그 집 뜰의 묵은 산수유나무만 파서 데리고
그러나 나는 버리고
변 여사 이사 가네
천지에 봄은 피는데
나 어찌하라고.

친구에게

친구여 그 소식 들은 날
늙고 말라버려 지금은 없는 나의
젖 감전 받아 일어나
산 넘고 물 건너
축지법으로
저 광속光速으로 그녀 광맥에
불온처럼 침투하여
숨 넘어가는 아홉 입술 열고
뛰어들어 나 조금
보태고 싶었네.

보일러

평생을 사람의 일로 속 끓였는데
오늘은 저눔의 기계가 나를
슬프게 하네
그것은 내가 계속 물을 대주지 않아
일어난 사태
파이프가 녹을 정도로 물이 다
타버리도록
내가 물을 전혀 의심치 않았다
는 게 문제라는데
나는, 내 몸의 물은 이미 다 타버리고
없더라도 물의 재만으로 그 재를
기름인 양 조금씩 조금씩 덜어 쓰며
살아가고 있는데
피도 눈물도 없는 저눔의
멍텅구리가 나를 울리네.

산책

앞으로 무슨 길이 있겠는가
한때 모든 길은
종이접기처럼 내 수하手下였는데
길을 쥐고 꼬기도 하고 그만
풀어버리기도 하고 길을 가지고
뜨개질도 쉬웠는데
길이 너무 많아 버린 것도
있었는데

오늘 황사 흉조처럼 덤비는
눈앞에 한 가지
외길만이 확실하네
흐린 시야 모든 길을 지우고서도
분명히 남은 한 개의 길
뒤로 걸어도
앞으로 걸어도 오로지 새까만
극점을 향해 뛸 뿐인

원형 운동장
지상의 산책.

태양장太陽葬

한 사흘 장대비 퍼부은 그 다음 갠 날
두어 평 내 집 마당의 지렁이들
귀가하지 못하고 헤매고 있다
저 지하 암흑의 층계 딛고 산책 나와
본 지상은 천적天敵 불가마 함정

일어서기 위해서가 아니라 다만 한 번 더
배밀이하기 위해 숨겨논 비늘 세워
용썼으나 다시 쓰러지고

처음엔 눈이 조금 부셨으나 점점 온몸이
벌침 맞듯 청맹과니 되어
길을 잃고
종내는 제 본가本家 저 고성古城으로
돌아가지 못함
나가보니 오늘은 드러누워 스스로
태양장太陽葬 치르고 있다

태양의 일부분이 되어가고 있다.

갈대

내가 그대에게 한 갈대였음을
어찌 알았으리
내 뜻과 달리 그때 내 옆
지나가던 드센 바람 혼신으로
버티며 무엇 조금 생각한 것
그뿐이었는데
그 짓이 바로 갈대인 줄은
미처 몰랐는데
오늘 그때 내가 갈대였다고
말해주네.

4부

지렁이

얼마 전에 죽어가는 풀
한 포기 주워 조심스레 갖고 돌아와
화분에 꽂았더니 뿌리 뻗고 잎 돋아
한 분홍 피워 올렸는데 어느 날
분갈이하느라 엎어본 아랫도리에
한 마리 살찐 지렁이 똬리 틀고 있었다

내가 아침마다 주는 투명한 물의 적선積善
만 가지고는 아무 일도 일으킬 수
없던 모양이다
가령 기적 같은 것.

단풍제

살 찢는 고통도 저토록 완전하면 차라리
숨 막히는 환희의 또 다른 이름 아니리
정오에 올리는 황혼 의식
이름난 산 중턱 마지막 단풍들 앞에
사람들 모여 술잔 놓고 절 올린다
초대받지 않은 나 슬며시 꽁무니에
가 서보다
언제부터인가 제가 제 몸에 불 지펴
그 불 떠나지 못하게 쌓고 또 쌓아 올린
가장 위험한 탑
더 올라갈 데 없는 꽉 찬 색깔 그
정점들이 모여 한 꺼풀 남은 속마음까지
꺼내어 떨어내고 있다
색깔의 뿌리를 뽑고 있다
그러나 내일쯤 벌어질 일 아무도 모른다
더 기다릴 수 없어 한 절정이 깎아지른
절벽 그 아래로 줄 끈 놓고 꽃잎처럼

뛰어내릴지.

산림 학교

지난겨울 한밤중에 입교한
일일一日 산림 학교
빽빽한 숲 속 통나무집에서
하룻밤 묵는데
아직 아무것도 보이지 않는
미명 속을 혼자 일어나 내다보니
뚜벅뚜벅 장정 같은 나무들이
야음을 타고 어디를 다녀오는지
하나둘 촘촘한 안개 속을 제자리
잘도 찾아 감쪽같이 뿌리 박는
모습, 나는 눈을 의심했다

열병식 하러 모이는 장병들처럼
아직 한 번도 누워보지 못한 그들의
생래生來의 요통, 허리 디스크
낮에 보아둔 저 아랫마을 군불 지피는 연기
피어오르던 민박 집 뜨끈뜨끈한

구들장 베고 처음으로 일자一字로
누워 실컷 몸 지지는 외박하고
그때 막 돌아오는 길이었던 것이다.

가족부

올여름 내 집 가족부에 내가
입양해 올린 것은 아침마다 물 주러
내려갈 때, 오래전 한 손이 놓고 간
작은 화분 속 대여섯 초록 잎사귀
그 위에 곡예하듯 올라앉아 나를
쳐다보는 억만 보 걸어 걸어 내 집까지
온 초록 진물 이름 모를 벌레 몇
그들의 위험한 주택 노숙에 길들어진
초록 잎새들 그대로 그 자리에서 내 가족부에
올림, 그리고 그림자도 아직 없는 아주 조금씩
돋아나는 새잎들 그걸 보고 방문했다
헛걸음하고 돌아가는 마당의 참새들 그 모두
함께
나는 이제부터 없는 힘을 다하여
몇 입 더 먹여 살려야 한다.

화대 花代

마음 급한 꽃집 주인이 아직 제 집으로 돌아가지 않고 있는 겨울 속 이른 봄 회초리 쳐 내몬, 제 속에 아직 맘먹지도 않은 분홍 진액 길어 올리는 아득한 노역만 가지고 나와 앉은 화분 몇, 그 앞 오가며 오랫동안 아껴오던 한 잎 은전 던져 데려오지 못하고 흘끔흘끔 몇 날 며칠 훔쳐보기만 한 일 죄 되는 것 아닐까.

운가사

운가사 어디 있는지
운가사 찾으면 물어볼 일
많았는데
어느 날 등산 갔다 잘못 든
하산 길에
운가사 찾았지만
저 아래 주택 복판으로
운가사 이사 가고
운가사 있던 자리 봄빛
가득 앉은 널따란
텃밭 되어 돌아앉아 있다
거기 머릿수건 눌러쓴
한 보살 봄빛 뜯고
있었다.

너무 늦은 노래

젊음이 무척 가난해진 내가
한 홍안紅顏을 만나기 위해
문을 나서는데
폭력처럼 천지개벽처럼
눈바람이 덮쳐 와
훌륭한 눈사람으로 변장시켜
주었다

굴리고 굴리다가 넘어지면
채찍 세워 일으키고 다치면 금 간
몸 어느 구석 깁고 수리하여
그 홍안 앞에 데려다 주었는데
어찌할꼬 어느새 날이 들고
그 사람 하는 말
"이 눈사람 좀 오래되었네."

눈 오는 날

이민 간 김 목사 집 오래도록
팔리지 않아
흉가 되어가던 중
새 주인 나타나 리모델링하는
저녁 망치와 톱들 던져두고 인부들
돌아가고
미처 손보지 못한 옛 지붕 위에
겁나게 눈이 쌓인다

다시 돌아오리라고 다락방 깊은
속에 두고 간 설교집과 돋보기안경
누군가 찾아내어 눈 속에 감추고
모두 옳아 벅찬 그의 말씀
들어주지 않던 동네 사람들
하나둘 나와 낮은 지붕 폭설 맞은
김 목사 집 구경하며 동화 속 그림 같다

참 아름답다 떠들고 있다.

봄날

이번 봄
내 입 가벼이 놀린 탓으로
한 보퉁이 어린 봄나물
살육하다

이름도 모름, 다룰 줄은 더욱
모름
다만 한 치 혀의 미망에 눈 어두워
죄 지음

지나가는 말로
나 "봄나물 좋아함" 그 말은 건너고
또 건너 한 미인美人에게 들어갔다
그리고 그 다음다음 날
한 손이 한 소쿠리 새싹을
보내오다

아무것도 모르고 세상 밖으로

손 내민 맨 첫 손목

그 무저항을 싹둑 꺾어

내 속의 지옥 그 나락에다

매장하고 또는 연초록 영혼까지

햇살과 바람에게 바쳐

풍장風葬으로 마감하였으니

이 봄 내 허물은 갚아도 갚아도 모자란다.

말씀에 몸을 베이다

아무런 생각도 아무 일도
하지 못하고
할 수 없고
손톱 밑 오래된 가시 찾느라
몇 날 며칠 눈 빠지던
어느 날
새로 부쳐 온 한 책
무심코 펴 드는데
서늘한 바람 한 자락
지나간다

누구인지 잘 모르는 한
사람이 쓴 날카로운 말씀이
나를 베었다

아무 일도 하지 않고
먹고는 자곤 하는

한 불치不治 위를
죽비竹篦 번개처럼
지나간다

목숨 어디에 선연한
핏금 얻었다.

꿀

요즘 누가 꿀을 믿겠느냐
한 숟갈 진꿀 보내온
너를 의심하는 건 아니지만
단지 나 꿀을
못 믿을 뿐이라네

말하자면 내 참된 혀가
뛰어놀 저 이전泥田 하나
찾고 있다는 말일세

나도 한때는 꿀이었고
겉과 속 똑같은
차돌인 적 있었으나
지금은 텅 빈 꿀
꿀의 맨 밑바닥
꿀의 껍질로 남았네그려.

5부

약藥의 노래 1

약국 앞을 지나가노라면
모든 약들이
나를 알아보고 맨발로
뛰어나와 내 치마꼬리를
잡는다

「쉬었다 가세요
잘 해줄게요」.

약藥의 노래 2

싱겁지도 짜지도 않은
삼십칠 도 오 분의 저울대
그 작두 위에
오랫동안 서 있자니 참으로
위태롭다
그래서 약을 구한다
오늘은 정기 휴일 문 연 약국을 찾아 헤맨다.

약藥의 노래 3

사실 누가 약을 몹쓸
적으로 치겠는가
원수로 보겠는가
나는 약에게 진 빚이 너무
많아 오늘도 서너 개의
백색白色 몽돌 내 깊은
내해內海로 던져 오래된
빚을 갚는다

나는 썩지 않은
약들의 무덤
펄펄 살아 있는
불발의 자갈밭.

약藥의 노래 4

비상처럼 고고한 약들도 어찌
밥이 필요치 않으리
집의 약장 속에서 도둑고양이처럼
두 눈 빛내며 숨죽이고 배고파 하고 있는 암흑의 약들
너의 친절한 밥이 되어주겠다
이미 늙어버려 효능이 어떨지 모르지만
오랫동안 가지고 있던 허리 디스크
최근의 관절염까지
나는 그리 싱싱한 먹이가 되지 않는 줄은 알지만
약 너에게 나를 바친다
뼈는 뼈대로 피는 피대로
내 모든 불량不良을 오늘은
통째로 너에게 먹인다
내가 앓고 있는 가장 나쁜
생각을 너에게 버린다
약이여 너의 끝없는 욕망 앞에 백기를 든다.

어느 날

창밖에 눈발 시나브로 비보처럼 떨어지다
멈추었으나 다시 이어질 기세이고
펴든 책 속에서는 스스로의 심란
누구와도 나누려 발설하지 말라
적혀 있다

벨이 울리고
발송인이 잘 떠오르지 않는
남해 멸치 한 상자 배달되다

아 요즘 나의 결핍
저것이었구나
최후까지 파닥거리다 그만 멈춘
바다 그 편린들
지금부터 매일매일 몇 마리의 말라버린
바다 비늘 나의 속에 잘 안치하는 일에

매달려야겠다.
머리와 내장을 따돌리지 말고
있는 그대로 오롯한 슬픈
미라인 채로

한 마리 한 마리 그 많은 것들이
서로가 서로에게 구명 밧줄 돼주지
못하고 손잡고 함께
따로따로 뿔뿔이
죽어 내게까지 온.

착한 봄

돌아오는 봄의 모양새 가만히
살펴보니
허술하기 그지없더라
아무것도 모르고 강철 같은 얼음 지붕
바로 그 밑까지 바짝 올라와
무거운 세월의 완고 한 번씩 핥아보는
그의 혀끝은 투명의 날카로운 날에 쓸려
핑크 빛 말조차 잘려 나가고
이미 희망을 버린 지 오랜
벗은 두 발 아직 살아 있다고
시늉하더라

아무 생각 없는 거렁뱅이
또 절름발이로 내게까지 오느라
그 수고 참으로 착하다
생각하면 솜이불 한 장 가진 적 없는
봄들 저희끼리 얼싸안고

숨찬 소리 흰 눈 위에 콕콕 찍으며
오래 걸려 손잡고 꼬물꼬물 오더라.

내 사랑 초록 벌레

지난여름 내내 내가
한 일이라곤 이름 모를
벌레 어찌하다 내 집 화분
몇 개 잎사귀까지 와
둥지 튼 초록색 멍텅구리 키우는
일이었다

눈 코 어디에 붙었는지 특히
사랑이 무엇인지 알기나 하는지
(차라리 모르는 것이 나음)
죽어 있는지
살아 있는지

그러나 나는 아침마다 신하처럼
햇빛과 물을 길어 바쳤다
가을이 오고 그의 지붕이자
방바닥이던 푸른 잎사귀들

누구 뜻에선지 안면 바꾸자
내 사랑 초록 벌레 흔적 없이
사라졌다
어디로 갔을까
천지가 황금빛 함정이니.

낯선 마을에 적을 두다

한 사람이
제 마을에선 실종되었으나
한 낯선 마을에 비상착륙하다
한 푼 노자도 없이 물론 목숨도 안 가지고
먼지처럼 취약하게 허술하기 짝이 없게
풀싹 떨어져 수상한
흙과 나무 특히 한 모금 물방울조차
틀어 안고 죽은 눈 부릅뜨는
마을에서 가장 늙은 바람 삭고 삭은
장승 까막눈 촌장을 찾아
나는 신참 새까만 신참
나는 반편 나는 모두 죽은 자이니
나를 받아주오 무릎 꺾어 신고하더니
그날부터 그는 그 나라 백성이 되다

어둠을 잘못 만나 온전한 그림자도
되지 못한 제 무명을 적어 올려

등록을 마치니
드디어 흙과 나무 물이 빗장을
풀어 그의 몸을 감아 한몸이 되다
거기서 지금까지 그는 잘 살고 있다.

제 과거를 저 아랫동네에 둔 단풍

오랫동안 한몸이던
과거
이제 제 뜻 잘 따라주지 않는
초록들
분가하듯 하나둘
떼어 보내고

밤도와 재촉한 황혼
제 피 속에 서둘러 끌어넣어
오늘은 누가 보아도 확실한
절정의 늙음

화계사 뒷산 단풍 든 잎들이
철옹성을 하고
아직 철들지 못하고 쳐다보고만
있는
저 아랫동네의 초록빛들을

내려다보고 있다.

6부

바람둥이

우리 집 선풍기는 바람둥이
이 손 저 손 바람 좀 피워달라고
애교 떨면
실한 바람 건네어준다

바람둥이라고 추어주면 더욱
신나 씽씽 땀 흘리며
목숨 걸고 펌프질한다
바람 쪼개 나눠준다

혼자서 여럿 상대하느라
사지 찢어진다.

그대 나 조금만 배반해주게

그대여 제발 나 이쁘게 늙게
좀 도와주게
내가 참하게 늙어가는 데에는
그대의 배반이 조금 필요해

일생 미열 하나 밑천 삼아
삼동 건너는 교랑 하나 갖고
있음은 다행한 일이나
그 위를 타는 나의 불꽃 살쪄 뚱뚱해
위태위태 삐걱삐걱
힘에 부쳐 오늘 밤 종이처럼
쉬고 싶다네

사랑하는 일은 수인囚人의 중노동
만삭인 나의 무게 조금
덜어주게
나와 보조 좀 맞추어주게

오늘 삼경 야음 타고 아주 조금만
누수처럼 가늘게 빠져나가 주게.

중절

우리 집으로 넘어온 앞집 나뭇가지가
떨구는 잎과 꽃들 여러 해 동안 잘 쓸고 또
쓸어내던 그 집 주인 아직 봄도
이른 어느 오후 작심한 듯 성별 갖추지
않은 이때다 이때다
한 무더기 가지들 잘라 내던진다
아무것도 모르고 동안거에 들어 눈곱만큼씩
꼼지락꼼지락 걸어 나오던
몽매의 나무순들 미리 살해되어 다른
쓰레기와 함께 청소차에 실려
떠나갔다
그해 가을은 일찌감치 중절됐다.

눈병

바라보다가
바라만 보다가
놓칠까 봐 주워 담아
꼭꼭 눌러 심어놓았더니
나의 호수 분량
넘쳐
요즘 나 눈병 앓고
있다.

치매라고 불리는 한 안노인

복덕방 창밖을 통해 바라보이는
건너편 사진관 앞 계단에 한 안노인
아까부터 앉아 있다
매일 그곳에 출근한다고 한다
누가 주었는지 치마폭엔 서너 개 옥수수
축낼 생각은 아예 없다
동네 사람들 치매라고 부르는 몽유의 백발
버스 정류장에 두 눈 찍듯 꽂고
오가는 사람들 점검하고 있다
말이 되어 나오지 못하는 속의 암흑
끄집어내어 세상에 내놓으려
목젖 움찔하는 시도까지
건너편에서 볼 수 있다
치매라고 어찌 그리움이 없겠는가
몹쓸 희망이 없겠는가
아무도 믿어주지 않는 가슴속 검은
돌덩이

꺼내어 저리 내던져 버려줄 누군가를
찾고 있다
번쩍 치고 달아날 치명적 전류 한 개
기다리고 있다.

탑

모반처럼 야음을 이용하여
불면 반죽하여 올린
끈적끈적 캄캄한 한
탑

날 든 아침이 폭격 탈색하여
먼저 기둥부터 뽑고
흰 털 솎아내고
군데군데 수정하는
구멍 뚫린 저작著作
한
탑.

단단한 분홍

지난번 영주 부석사 올라가고
내려올 때 길 양쪽에 도열한
분홍빛들
질투 나 있는 힘 다해
째려봤더니

신학대학 담장 밑 노천 노인정 그 앞
좌판까지 상경하여
유난히 혈색 좋게 단단해진
그 분홍들 날 알아보고
발목 붙잡고 놓아주지 않네.

케이투 봉

히말라야 K2봉 올랐던
등반가들 오랫동안 돌아오지
않고 있다
세락* 녹으면서 그 위에 올라타고
어디로 흘러갔나
가다가 하늘이라도 붙들고
상륙하는 머리카락부터
보여라.

* 눈기둥

그 뒤

점령했던 긴 장마 짐 싸 철수하고
오늘은 땡삐 쾌청
내다 널지 않아도 스스로
위축하여 간장처럼 석청처럼
변질한 나의 심란.

따라온 액자

장남리* 다녀오고부터 나 자유롭지

못하다 나의 눈으로 떠 온 풍경

하나 액자 되어

자꾸 날 따라다닌다

산책 길에 만난 개울 섶, 늦잠 자다

놀라 눈 비비며 울던

아직 영아 물뱀 내가

깨운 일

좀 더 걸어가 아직 신도 하나 못

붙잡은 흩어진 벽돌 몸에 두른 개척 교회, 그 앞 시린

개울에서 쌀 씻던 목사의 사모師母

날 쳐다보던 붉은

손

따라와 오늘까지 나의 안방

가장 잘 보이는 바로 내 눈 속에

못도 없이 박혀 있다.

* 강원도 어느 마을.

사랑과 근원의 탐색

유성호 **문학평론가, 한양대 교수**

1

　김윤희 시인은 청마靑馬 유치환柳致環 선생의 추천으로《현대
문학》을 통해 등단하여, 최근까지 50년 가까운 시력詩歷을 쌓아
온 우리 시단의 중진이다. 시인은 그동안 첫 시집『겨울 방직』
(삼애사, 1970)을 비롯하여『소금』(범우사, 1976),『오직 눈부심』
(문학예술사, 1982),『설국雪國』(문학수첩, 2004) 등의 시집을 상
재한 바 있다. 따라서 이번에 출간하는『성자聖者 멸치』는 그녀
의 제5 시집인 셈이고, 그만큼 그녀는 비교적 과작寡作에 속하
는 창작 여정을 밟아왔다고 할 수 있다.

　그동안 김윤희 시편은 여성 시인으로서의 섬세한 서정성이
소중한 음역音域으로 평가되어왔다. 또한 시인은 자신의 기억

이 과거 삶에 대한 사실적 재현에 머물지 않고, 시적 대상을 향한 간절한 발원發願과 그리움을 매개하는 형식임을 입증해왔다. 그러한 기억의 형식을 침묵에 가까운 언어 미학으로 승화시켜온 그녀가 우리에게 펼쳐 보여주었던 가장 강렬한 시적 속성은 아마도 '사랑'에 있었을 것이다. 이번 시집에서도 '사랑'을 발견하고 노래하는 그녀의 품과 격은 일관되게 지속되고 있다.

지하철 선로 위로 떨어지는
한 사람을
지척에서 두 눈 부릅뜨고 달려드는
죽음의 철괴鐵塊 번히 보면서
다투어 뛰어내려 끌어 올리는
사람들

사랑을 전혀 염두에 두지 않고
사랑하는 사람들
얼굴도 모르고 사랑하는
사람들
아무나
누구든지
닥치는 대로 사랑하는

사람들
어떻게 그럴 수가.
—「사랑을 염두에 두지 않고」 전문

   화자의 시선은 "얼굴도 모르고 사랑하는 / 사람들"을 향한다. 화자는 그들을 경이롭게 호명하면서 그들의 '사랑'에 헌사를 바친다. 가령 그들은 질주해 들어오는 "죽음의 철괴鐵塊"에도 아랑곳하지 않고 사람을 구출하는, 말하자면 마음이 시키기 전에 몸이 먼저 사랑을 할 줄 아는 이들이다. 그래서 그들은 "사랑을 전혀 염두에 두지 않고 / 사랑하는 사람들"인 것이다.

   이러한 "닥치는 대로 사랑하는 / 사람들"을 두고 화자는 과연 "어떻게 그럴 수가" 있을까 하고 놀라움을 표하고 있지만, 정작 화자는 그런 '사랑'이 아직도 우리 주위를 감싸고 있음을 증언하면서 그러한 사랑이 지속되어야 함을 반어적으로 들려주고 있다. 그러한 '사랑'의 사례는 시인의 남다른 시선에 의해 전혀 다른 시공간에서도 발견된다.

이십구 세 중국 여자 경찰 장샤오쥐안蔣曉娟
지난 쓰촨四川 지진 때
아홉 아기에게 자신의 젖
찢어 먹였다 수제비 빚듯 뜯어

넣었다 구분의 일로 저를
쪼개었다
그 육즙의 균등 분배
그녀는 아홉 생명의 원료가 되었다
아홉 강아지 세상을 보았다.
—「젖」 전문

　얼마 전 대지진이 일어난 중국 쓰촨에서는 여자 경찰 한 명이 세간의 화제에 올랐다. 현장에는 지진으로 엄마를 잃은 채 젖을 못 먹고 버려진 아기들이 많았는데, 6개월 된 아기 엄마였던 그녀가 그런 아기 아홉 명에게 자신의 젖을 물린 것이다. 여기서 화자는, 그 스물아홉 살의 젊은 여경女警이 자신의 젖을 나누어 먹인 행위 자체가 바로 '사랑'이며, 그 모성적 '사랑'을 통해 그녀 스스로 "아홉 생명의 원료"가 된 것이라고 기록한다. 그 결과 "아홉 강아지"는 세상을 새로 보게 된 것이다.
　이처럼 김윤희 시편은, '사랑'의 힘에서 발원하여 어떤 근원적 존재 방식에 대한 천착을 일관되게 수행한다. 이때 그녀가 발견한 것은 '말'이나 '마음'이 아니라, 극한 상황에서 '몸'으로 직접 사랑하는 이들의 삶이다. 철로에 뛰어드는 사람이나 재난 현장에서 자신의 젖을 물리는 사람이나 모두 그 '사랑'의 구체적 실례들인 것이다. 이러한 '사랑'의 시학은, 그녀 시편으로

하여금 탐미주의나 도덕률과는 현저하게 다른, 그야말로 새로운 존재론적 신생의 의미를 지향하게 한다. 그것은 불모의 폐허에서 그냥 솟아나는 어떤 것이 아니라, 시인의 근원적 시선에 의해 발견되고 표현되는 일련의 과정을 반드시 거친다. 그 점에서 비록 "사랑하는 일은 수인囚人의 중노동"(「그대 나 조금만 배반해주게」)이라지만, '사랑'의 시학은 가장 확연한 김윤희 시학의 후경後景이 되고 있다.

2

잘 알려져 있는 대로, 서정시는 언어 예술이자 시간 예술이다. 우리의 감각과 실재 세계를 매개하는 것이 '언어'이고, '시간'의 흐름 속에 놓여 있는 사물을 언어로 표현하는 것이 서정시이니만큼, 우리가 '언어'와 '시간'으로 서정시의 핵심을 규정하는 것은 꽤 자연스러운 일이다. 그래서 서정시는 그 어떤 예술보다도 '시간'과 높은 친연성을 가지게 되며, '언어'를 통한 시간 경험을 독자들에게 선사한다. 물론 이는 '시간'이라는 물리적 실재에 대해 서정시가 깊은 관심을 갖는다는 것을 뜻하는 것이지만, 그와 동시에 '시간'의 흐름 속에 놓여 있는 사물과 그에 대한 반응을 서정시가 집중적으로 표상한다는 것을 함의하기도 한다. 서정시의 이러한 '시간'에 대한 관심이 김윤희 시편에서도 사물의 미시성을 통해 나타나고 있다.

어찌 녹슨 두 쪽 젓가락으로
식탁 위 멸치들을 하대하리
저 군산 대야도 앞바다에서
뱃전으로 올라오자마자 바로 끓는
무쇠 가마 속으로 던져져
열반한 세멸 동자들

투명한 몸속 화석 된 흑점 하나씩
부적처럼 그러안고 그까짓 마지막 관문 통과쯤은
자신만만하다
대체로 오므리고 죽어 누워
나의 미천한 집행 기다리고 있다

아무것도 모르고 처음 출가하던 저 바닷속
암자 용궁 그리 돌려보내 줄 유일한
길은 나의 속 등불 없는 깊은 터널 그 속으로
다시 한 번 밀어 넣어 잘근잘근 꼭꼭
짚어가며 모욕하는 일

다만 나로선 꼭 성불하라 빌어주는 그것만이
그중 축복이라 우기는 비겁, 그밖에 아무것도

할 수 있는 일 없다는 사실
나는 성자 멸치 우대하는 다만 한 가지
방법밖에 아는 게 없다.
　　―「성자聖者 멸치」 전문

　미시적 대상인 '멸치'의 몸에 각인된 시간을 화자는 발견하
고 있다. 군산 대야도 앞바다에서 뱃전으로 올라와 끓는 물에
던져진 "열반한 세멸 동자들"을 결코 하대下待할 수 없다는 화
자의 말은, 그네들의 삶과 죽음을 자신의 몸으로 사유하고 각인
하려는 의지 때문에 가능한 것이다. 말하자면 그네들의 "투명
한 몸속"에서 이미 화석이 된 흑점을 화자는 "부적"처럼 바라보
면서, 그네들을 "처음 출가하던 저 바닷속"으로 돌려보내기 위
해 자신의 몸속 "등불 없는 깊은 터널"로 밀어 넣고 "성불하라
빌어"준다. 이러한 화자의 태도는 그네들의 삶과 죽음 그리고
성화聖化 과정을 자신의 '몸'으로 직접 겪고 사유하려는 의지를
구체적으로 보여준다. 그 상상적 과정을 통해 멸치들은 성자聖
者로 거듭나고, 화자는 "성자"가 된 그네들을 우대優待하면서
어느새 그네들과 한몸이 된다. 이렇게 김윤희 시인은 '시간'의
흐름 속에 놓여 있는 사물과 그에 대한 반응을 자신의 '몸'으로
감당하는 일관된 특성을 보여주는데, 다음 시편에서 그 시선은
더욱 구체적인 타자를 향하게 된다.

복덕방 창밖을 통해 바라보이는
건너편 사진관 앞 계단에 한 안노인
아까부터 앉아 있다
매일 그곳에 출근한다고 한다
누가 주었는지 치마폭엔 서너 개 옥수수
축낼 생각은 아예 없다
동네 사람들 치매라고 부르는 몽유의 백발
버스 정류장에 두 눈 찍듯 꽂고
오가는 사람들 점검하고 있다
말이 되어 나오지 못하는 속의 암흑
끄집어내어 세상에 내놓으려
목젖 움찔하는 시도까지
건너편에서 볼 수 있다
치매라고 어찌 그리움이 없겠는가
몹쓸 희망이 없겠는가
아무도 믿어주지 않는 가슴속 검은
돌덩이
꺼내어 저리 내던져 버려줄 누군가를
찾고 있다
번쩍 치고 달아날 치명적 전류 한 개
기다리고 있다.

— 「치매라고 불리는 한 안노인」 전문

　이제 화자의 시선은 치매를 앓고 있는 한 노인의 외관과 삶을 좇아간다. 매일 사진관 앞 계단으로 출근하다시피 하는 이 노인은, "치매"와 "몽유"와 "백발"이라는 기표가 함축하듯, 자신의 몸속에 웅크리고 있는 "말이 되어 나오지 못하는 속의 암흑"을 가지고 살아가는 타자다. 물론 이때 화자는 치매 노인에게도 '그리움'과 '몹쓸 희망'이 완강하게 존재하고 있음을 말하면서, 그 노인이 "아무도 믿어주지 않는 가슴속 검은 / 돌덩이"를 꺼내고 싶어 한다고 상상한다. 여기서 화자의 시선은 '노인'의 결여 형식을 고스란히 인준하지 않고, 그 안에 선명하게 존재하는 오랜 '가슴속 검은 돌덩이'에 주목함으로써, '시간'의 흐름 속에 놓여 있는 존재자들의 슬픔에 동참한다.

　이렇게 타자들의 모습을 주시하면서 그들의 삶과 기억을 형상화하는 김윤희 시인의 품은 참으로 넓기만 하다. 여기서 우리는 대상을 향한 정확하고도 섬세한 관찰과 따뜻한 연민의 시선이 김윤희 시학의 대표 속성이라는 점을 알게 된다.

3

　김윤희 시인이 이번 시집을 통해 우리에게 들려주는(자신에게 고백하고 있는) 전언은, 그 스스로 겪어온 시적 경험들에 대

한 스스럼없는 고백과, 자기가 살아온 삶을 성찰하고 인생이라
는 커다란 화두에 최대한 근접해보려는 능동적 기치 발건의 감
각이다. 거기서 한발 더 나아가 우리는 그녀 시편에 담긴 시간
내력來歷을 통해 그녀가 더욱 근원적인 가치를 향하고 있음을
알게 된다.

> 지난겨울 한밤중에 입교한
> 일일一日 산림 학교
> 빽빽한 숲 속 통나무집에서
> 하룻밤 묵는데
> 아직 아무것도 보이지 않는
> 미명 속을 혼자 일어나 내다보니
> 뚜벅뚜벅 장정 같은 나무들이
> 야음을 타고 어디를 다녀오는지
> 하나둘 촘촘한 안개 속을 제자리
> 잘도 찾아 감쪽같이 뿌리 박는
> 모습, 나는 눈을 의심했다
>
> 열병식 하러 모이는 장병들처럼
> 아직 한 번도 누워보지 못한 그들의
> 생래生來의 요통, 허리 디스크

낮에 보아둔 저 아랫마을 군불 지피는 연기
피어오르던 민박 집 뜨끈뜨끈한
구들장 베고 처음으로 일자―字로
누워 실컷 몸 지지는 외박하고
그때 막 돌아오는 길이었던 것이다.
　　　　　　　　　―「산림 학교」 전문

빽빽한 숲 속 통나무집에서 하루 묵었던 기억을 두고 화자는
"지난겨울 한밤중에 입교한 / 일일―日 산림 학교"라고 표현한
다. 그때 바라본 나무들을 화자는 잊지 못한다. 가령 미명에 바
라본 나무들은 야음을 타서 어디 나갔다가 여명이 되니까 돌아
와 "감쪽같이 뿌리 박는 / 모습"으로 보였다. 순간 화자는, 그
나무들이 "열병식 하러 모이는 장병들"로 보였기 때문에 그네
들이 한평생 눕지 못해 "생래生來의 요통"을 가졌을 것이라 상상
한다. 그런데 늘 서 있기만 했을 것 같았던 나무들이 밤새 아랫
마을 군불 지피는 민박 집에서 처음으로 "일자―字로 / 누워" 몸
지지고 돌아온 것이 아닌가. 대상의 외관을 뚫고 들어가 그 안에
들어 있는 생의 어떤 비의秘義를 상상하고 추출하는 그녀의 시선
은 매우 날카롭고 깊다. 그 스스로 "초록 잎새들 그대로 그 자리
에서 내 가족부에 / 올림"(「가족부」)이라고 말했을 정도로 자연
에 밝았던 그녀가, 자연 사물의 우의寓意를 통해 어떤 근원적 경

지에 가닿고 있는 것이다. 이러한 근원에 대한 성찰은 '말씀'에 대한 각별한 탐색과 고백으로 이어지기도 하는데, 그것은 '말씀' the Words이기도 하고 '말 씀' using words이기도 하다.

아무런 생각도 아무 일도
하지 못하고
할 수 없고
손톱 밑 오래된 가시 찾느라
몇 날 며칠 눈 빠지던
어느 날
새로 부쳐 온 한 책
무심코 펴 드는데
서늘한 바람 한 자락
지나간다

누구인지 잘 모르는 한
사람이 쓴 날카로운 말씀이
나를 베었다

아무 일도 하지 않고
먹고는 자곤 하는

한 불치不治 위를
죽비竹篦 번개처럼
지나간다

목숨 어디에 선연한
핏금 얻었다.
　　　　―「말씀에 몸을 베이다」 전문

　모든 일을 중단시킨 "손톱 밑 오래된 가시"를 찾느라 며칠 동안 고생하다가 문득 마주친 "서늘한 바람 한 자락"은 무심히 펼친 책에서 발견한 '말씀'이다. 그렇게 "누구인지 잘 모르는 한 / 사람이 쓴 날카로운 말씀"에 베인 화자는, 자신의 "한 불치不治 위를 / 죽비竹篦 번개처럼" 지나가는 '말씀' 때문에 목숨 깊은 곳에 "선연한 / 핏금"을 얻었노라고 고백한다. 그야말로 '죽비竹篦'의 준열한 가르침으로 또 한 생을 이어가는 화자의 고백이 남다른 진정성으로 충일하다.
　이처럼 김윤희 시편의 화자들은 '숲'에서 그리고 '책'에서 자신의 생을 근원적으로 성찰할 수 있는 계기들을 몸으로 포착한다. 그것은 그녀가 '몸'에 대한 예민하고 섬세한 관찰자이며, '몸'에 각인된 시간 형식을 살필 줄 아는 혜안의 소유자이기 때문일 것이다.

4

우리가 읽어온 김윤희 시편은, 기본적으로는 '몸'의 기억에서 발원하지만, 그것은 그녀가 온몸으로 견뎌야만 했던 고통스런 시간이 녹록지 않은 크기와 깊이로 존재했었음을 알리고 있는 것이기도 하다. 고통과 상처를 실존의 불가피한 부분으로 받아들이면서 그녀는 매우 구체적이고 선명한 기억에 토대를 둔 '사랑'의 시학을 펼쳐간다. 세계에 대하여 격정적 맞섬의 태도를 가지기보다는 섬세한 관찰과 증언으로 그것들을 치유하려 한다는 점에서 그녀 시편의 '사랑'의 독자성은 입증된다.

시인은 그동안 자신은 "내 참된 혀가 / 뛰어놀 저 이전泥田 하나 / 찾고"(「꿀」) 있었다고 고백한다. 그런가 하면 "한 치 혀의 미망에 눈 어두워 / 죄 지음"(「봄날」)이라고 자신의 삶을 들려준다. 우리가 보기에 김윤희 시력詩歷은 그렇게 '혀'를 제어하면서 침묵의 뿌리를 어루만져 온 시간이다. 바로 그 침묵의 힘으로 '사랑'과 '근원'에 대해 탐색한 것이 이번 시집의 확연한 외연이자 종요로운 속성이라 할 것이다. 그렇게 김윤희 시편은 '사랑'과 '근원'의 탐색으로 생의 부피를 더하고 있는 것이다.

성자 멸치

초판 1쇄   2009년 3월 20일
지은이   김윤희
펴낸이   김영재
펴낸곳   책만드는집

주소   서울 마포구 합정동 428-49번지 4층 (121-886)
전화   3142-1585·6
팩스   336-8908
전자우편   chaekjip@chol.com
출판등록   1994년 1월 13일 제10-927호
ⓒ 김윤희, 2009

지은이와의 협약에 의해 인지를 따로 붙이지 않습니다.
잘못된 책은 구입하신 서점에서 바꾸어드립니다.

ISBN 978-89-7944-303-5 (03810)